El pollo desplumado

Título original: *The Featherless Chicken*
© 2006 Chih-Yuan Chen (texto e ilustraciones)
Edición publicada de acuerdo con Heryin Books, Inc.
Todos los derechos reservados
© 2010 de la traducción, Thule Ediciones, S.L.
Alcalá de Guadaíra 26, bajos – 08020 Barcelona

Director de colección: José Díaz
Maquetación: Jennifer Carná
Traducción: Alvar Zaid

EAN: 978-84-92595-52-5
D. L. : B-18506-2010
Impreso en Gráficas 94, Sant Quirze del Vallès

www.thuleediciones.com

El pollo desplumado

Chih-Yuan Chen

En un florido jardín,

había un huevo, que reposaba.

Un día, el huevo dio una sacudida, crujió y se resquebrajó con un chasquido, hasta que un pollito salió de la cáscara sin una sola pluma en el cuerpo. Era un pollo desplumado.

Cuando el viento soplaba,
el pollo desplumado
se resfriaba.

Su sensible nariz,
además, era alérgica
al polen. Estornudaba
una y otra vez.

Un día, el pollito solitario vio a otros
cuatro pollos que salían del bosque. Eran
los pollos más hermosos que jamás había
visto.
Tenían plumas. ¡Unas plumas maravillosas!
Se pavoneaban alzando el pico.

El pollo desplumado
sentía curiosidad.
—¿Adónde vais?
Sin volver la cabeza,
contestaron al unísono:
—A pasear en barca.

—Oh, ¿puedo ir yo también?

Entonces, los cuatro pollos volvieron la

mirada y lo vieron desnudo de arriba a abajo.

—Oh, no jugamos con pollos sin plumas.

Levantaron los picos hacia arriba y subieron

a la barca.

El pollo desplumado se puso triste.
Las lágrimas inundaron sus ojos.

Tropezó con una piedra y cayó en el lodo.
Quedó embadurnado de un fango pegajoso
y una vieja lata de sopa le quedó por sombrero.

Empezó a soplar un vendaval y, como si fuese
un artista, el viento adornó el embadurnado
cuerpo del pollo con hojas, papeles y muchas
cosas más.

Por primera vez en su vida, el pollo dejó
de sentir frío.

Las hojas ondeaban como plumas.

Se miró y... ¡se encontró guapísimo!

Ya en la barca, los cuatro pollos se fijaron
en el nuevo aspecto del pollo desplumado.
—¡Oooh! —graznaron—. ¡Nunca había visto un
pollo tan a la última! ¡Y ese sombrero es
lo más!
Remaron de nuevo hacia la orilla para invitar
al pollo desplumado a unirse a su paseo.

En la barca, los cinco pollos mantuvieron
un vivo debate sobre cuál de ellos estaba
más elegante. Para pavonearse, empezaron
a aletear todos a la vez.
Y la sensible nariz del pollo desplumado
no lo pudo soportar.
Se le escapó un estornudo explosivo.

La barca empezó a zozobrar.
Los cinco pollos aletearon,
graznaron y corrieron como
pollo sin cabeza. La barca
se inclinó.

Con un chapoteo y un glugú,
la barca se fue a pique.

Y todos los pollos cayeron

de cabeza al lago.

Cuando las aguas del lago por fin
se serenaron, todo empezó a salir a flote.
El pollo desplumado salió resoplando
en busca de aire.
Las hojas que habían cubierto su cuerpo
flotaban en el agua.
—¡Oh, no! —exclamó.

Entonces asomaron la cabeza los otros pollos...
Uno... Dos... Tres... Cuatro.
¡Cuatro pollos desplumados!

Todos miraron aterrados los cuerpos desnudos
de los otros. No se lo podían creer.

No pudieron resistirlo más. El pollo desplumado empezó a carcajearse y, uno a uno, se le fueron uniendo los otros pollos, con risitas primero y con risotadas después, hasta partirse de risa.

En la orilla, los cinco pollos se sacudieron
el agua de sus lisos lomos.

—¡Eh! —dijo el pollo desplumado—. Ha sido
divertido. Volvamos mañana.

Los otros pensaron durante un momento
y respondieron:

—¡Buena idea!

Y así, los cinco pollos desplumados
se adentraron en el bosque
pavoneándose.